AF296182

Monval Les Théâtres subventionnés

Y+

LES

THÉATRES SUBVENTIONNÉS

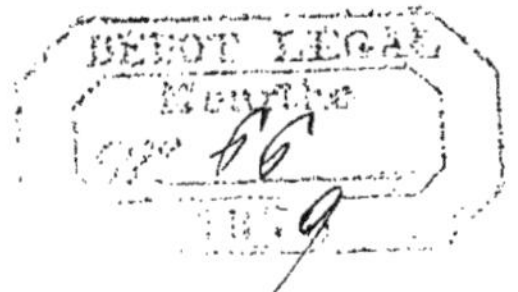

PAR

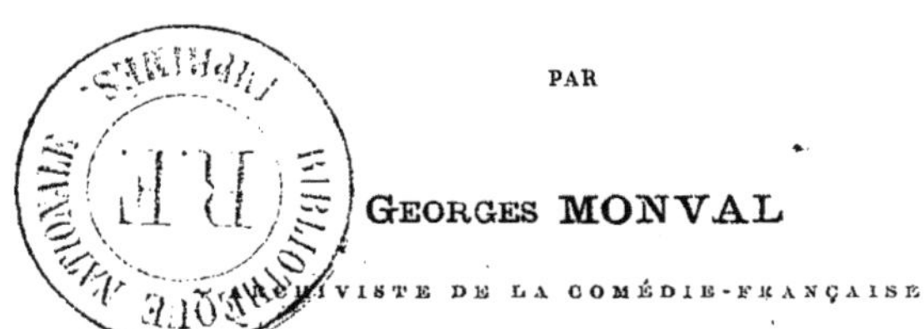

GEORGES **MONVAL**

ARCHIVISTE DE LA COMÉDIE-FRANÇAISE

(*Extrait de la* REVUE GÉNÉRALE D'ADMINISTRATION)

PARIS

BERGER-LEVRAULT ET Cⁱᵉ, LIBRAIRES-ÉDITEURS

5, RUE DES BEAUX-ARTS, 5

MÊME MAISON A NANCY

1879

LES THÉATRES SUBVENTIONNÉS

S'il est aujourd'hui reconnu que dans tous les pays le théâtre est un puissant moyen de civilisation, en France un goût général et dominant, à Paris plus qu'une passion, — une habitude, un besoin intellectuel, — n'est-il pas juste que l'art dramatique attire et fixe l'attention du Gouvernement et mérite sa sollicitude et sa protection ?

Les théâtres sont, de plus, des centres de travail, occupant des milliers d'individus, et favorables à toutes les branches de l'industrie ; en dehors du personnel qu'ils emploient[1], ils font subsister un grand nombre de commerçants et d'ouvriers ; ils amènent la vie et les affaires dans les quartiers où ils sont ouverts.

L'utilité morale et matérielle du théâtre n'ayant pas besoin de démonstration, il pourrait sembler superflu d'insister sur l'importance et la nécessité des subventions théâtrales. A côté d'éloquents défenseurs, elles ont trouvé plus d'un adversaire. Parmi ces derniers, les économistes, comme Bastiat et M. de Molinari, les considèrent comme un abus qu'on justifie difficilement par l'intérêt de l'art ; les premiers verraient dans leur suppression l'abaissement et bientôt la ruine du théâtre. N'y aurait-il pas exagération des deux parts, faute peut-être de distinctions bien établies ?

Notre but étant plutôt de dire ce qui existe que ce qui devrait exister, nous n'examinerons pas toutes les difficultés que peut soulever la question des subventions théâtrales. Bornons-nous aux trois points suivants :

1° Le théâtre a-t-il besoin d'être subventionné ?

2° Quels sont les théâtres qui doivent être subventionnés ?

3° Par qui les subventions doivent-elles être fournies ?

Ou, en d'autres termes : Un théâtre peut-il, oui ou non, se soutenir

---

1. Les 26 principaux théâtres de Paris emploient aujourd'hui 3,210 hommes et 1,859 femmes.

de ses propres forces ? S'il le peut, la subvention est inutile ; s'il ne le peut pas, l'État est-il obligé de venir sans cesse au secours d'impossibilités reconnues, au détriment d'intérêts plus graves ? Ne vaut-il pas mieux laisser à la spéculation privée des tentatives dont les résultats seront, tour à tour, heureux ou funestes ?

Mais n'y a-t-il pas des théâtres dont la prospérité est trop intimement liée aux progrès de l'art et à la gloire même du pays pour que l'État se fasse un devoir de les soutenir et de les encourager en ajoutant aux ressources de leur exploitation ?

De bons esprits sont convaincus que l'art doit être protégé d'une manière efficace, que les travaux de l'intelligence ne sauraient être trop largement rétribués. L'État subventionne les musées, les bibliothèques et autres grands établissements d'intérêt général et d'éducation publique. Les théâtres ne sont-ils pas, eux aussi, de véritables musées, asiles et conservatoires des modèles, dépositaires des chefs-d'œuvre ? ne faut-il pas les protéger, les secourir dans l'intérêt de l'art sérieux et élevé, qui n'a que rarement la popularité pour soutien et les recettes pour salaire ?

Enfin, par qui les théâtres doivent-ils être subventionnés ?

Est-ce par l'État, et dans ce cas le théâtre profitera-t-il aux contribuables selon la part de chacun ? Est-ce par les villes, et alors est-il juste que la province, outre la charge de ses théâtres, subventionne encore ceux de Paris ?

Avant de répondre à ces questions, consultons l'histoire, et après avoir résumé l'origine et les progrès de la subvention en général, nous parcourrons rapidement chacun des théâtres subventionnés.

I. — Historique des subventions.

L'origine des subventions remonte au delà même de l'organisation régulière de notre théâtre, si l'on entend par *subvention* non pas seulement un secours officiellement accordé et régulièrement distribué, mais tout subside affecté à l'entretien et à la conservation d'une entreprise théâtrale.

Les « allocations de deniers » en faveur des comédiens datent de leur apparition en France. Pierre de Saint-Julien dit que les villes de Marseille, Montpellier et Toulouse ont longtemps « entretenu » les premières troupes de comédiens qui prirent possession de leurs théâtres. Au temps de Gringore, en 1533, le roi François Ier fait don de 225 sols tournois à Jean de Pont-Allais *dit* Songe-creux « et sa bande », joueurs de mystères. La ville de Paris, voulant faire représenter la *Cléopâtre captive* d'Étienne Jodelle (1552), se chargea de tous les frais, et cette faveur se continua pour toutes les pièces qui exigeaient une dépense extraordinaire.

Le roi Charles IX entretint pendant quelque temps une troupe de comédiens ; nous en trouvons la preuve dans le *Registre de l'épargne* pour l'année 1572 : « A Albert Ganasse et ses compaignons, ioueurs de comedies, estant à la suitte dudit seigneur — 500 livres en considéra- tion du plaisir qu'ils donnent ordinairement à Sad. Majesté et pour leur donner moyen de viure et eulx entretenir à sa suitte [1]. » On sait que Henri IV affectionnait particulièrement les comédiens italiens connus sous le nom de *Gelosi*, qui alternaient avec les comédiens français à l'hôtel de Bourgogne, et qu'il leur fit une pension de 1,200 livres. Notre savant confrère, M. Charles Nuitter, archiviste de l'Opéra, a retrouvé deux ordonnances de paiement datées, l'une de 1615, l'autre de 1624, établissant que les troupes, tant française qu'italienne, reçurent 1,200 livres par mois pour avoir représenté devant le roi Louis XIII.

L'hôtel de Bourgogne, dont les acteurs se qualifiaient « comédiens de l'Elite Royale », recevait une subvention annuelle de 12,000 livres [2] qui, sous Richelieu, établissait aux yeux de tous sa situation privilé- giée. Sur un *Estat des gages, appointements et pensions pour* 1641, cité par M. Ed. Fournier dans sa *Notice sur Gougenot* [3], on trouve portée la somme de 12,000 livres « pour la bande des comédiens de Bellerose », qui n'était autre que la troupe royale de l'hôtel de Bourgogne.

Le théâtre du Marais, qui n'avait pas de subvention officielle et régu- lière, prend (ce qui ne prouve pas, il est vrai, qu'il y eût droit) le titre de « troupe *entretenue* par Sa Majesté » dans l'intitulé d'une tragi-co- médie de l'abbé Boyer : *Ulysse dans l'île de Circé, ou Euriloche fou- droyé*, représentée en 1648. Huit ans plus tard, le Roi, satisfait du *Timocrate* de Thomas Corneille, fit cadeau à la troupe de « six vingts

---

1. Quittance du 10 octobre 1572. (*Archiv. nat.*, KK, 133, fol. 2509.)

2. « La Troupe Royale, qui a toujours tenu ferme, a toujours eu ses 12,000 livres de pension. » Chappuzeau. Voir notre édition de 1876, p. 115, chez J. Bonnassies.

3. P. 282 du *Théâtre-Français au* xvie *et au* xviie *siècle*. 1 vol. s. d., chez La Place et Sanchez.

pistoles », nous dit Loret[1], et, en 1662, de 2,000 livres pour deux représentations de la *Toison d'or*[2], ce qui lui permit de se dire « *entretenue* par LL. MM.* » sur le livret du *Mariage d'Orphée*, de Chapoton, repris cette année même.

La troupe italienne « *entretenue* par S. M. », que Mazarin avait appelée en France en 1645, reçut, jusqu'à sa suppression (1697), 15,000 livres, subvention double de celle du théâtre du Palais-Royal, comme nous le verrons plus loin. Aux yeux de Louis XIV, un Scaramouche valait-il deux Molière? Les comédiens espagnols, venus à la suite de la reine Marie-Thérèse et attachés à l'hôtel de Bourgogne de 1660 à 1670, recevaient la somme annuelle de 9,000 livres en leur qualité de « pensionnaires du Roi, comédiens de la Reine[3] ».

A la même époque, quelques troupes françaises étaient entretenues au dehors par des princes étrangers. Le bon Chappuzeau nous en cite trois à la date de 1673 dans son précieux *Théâtre françois*[4]. Le prince de Condé avait ses comédiens qu'il pensionnait sous le nom de « troupe de M. le Prince ». C'est ainsi que Molière, avant de venir s'établir définitivement à Paris, appartint successivement au duc de Guise, à la troupe de l'*Illustre Théâtre* « entretenue » par S. A. R. Gaston d'Orléans, frère du roi Louis XIII (1644-1645), puis, comme comédien « de campagne » au duc d'Épernon et au prince de Conti[5]; il fut en quelque sorte subventionné par ce dernier, ou tout au moins par les États de Languedoc présidés par le prince, gouverneur de cette province, aux plaisirs de laquelle l'auteur de l'*Estourdy* contribua pendant deux ou trois sessions consécutives[6].

Quand Molière ouvrit son théâtre à l'hôtel du Petit-Bourbon, en novembre 1658, Monsieur, frère unique du Roi, qui l'avait pris sous sa protection, lui et ses compagnons du tour de France, leur avait « ac-

---

1. V. la *Muse historique* du 16 décembre 1656, v. 61 à 108.

2. Registre du Trésor royal pour 1662. (Bibl. nat., manuscrit Colbert, n° 1.)

3. Registre du Trésor royal pour 1662. (Bibl. nat., manuscrit Colbert.)

4. Comédiens entretenus par S. A. R. Charles-Emmanuel, duc de Savoie, à Turin; par l'Électeur de Bavière, à Munich; et par les ducs de Brunswick et Lunebourg, à Zell (Basse-Saxe). Voir p. 135 et suiv. de notre édition.

5. « En Languedoc, où cette troupe était *entretenue* alors de M. le prince de Conty. » Chappuzeau, *ibid.*, p. 123.

6. Voir la quittance de 6,000 livres donnée par Molière à M. Le Secq, trésorier de la Bourse des États, datée de Pézenas le 24 février 1656. Ce document, découvert par M. Louis Lacour de la Pijardière, archiviste de l'Hérault, demeure jusqu'à ce jour le plus long autographe de Molière.

cordé le titre de ses comédiens avec 300 livres de pension pour chaque comédien ». La troupe se composant alors de dix sociétaires, c'était en réalité une petite subvention de 3,000 livres ; mais, comme la jument de Roland qui n'avait que le défaut d'être morte, cette subvention eut celui de n'être jamais payée. La Grange constate le fait à la page 5 de son *Registre* par cette note marginale d'une ironique naïveté : « Nota que les 300 livres n'ont point été payeez. »

Heureusement Louis XIV fut plus exact ou moins oublieux que son frère : lorsqu'en 1665 la troupe de Monsieur devint troupe du Roi avec la promesse d'une pension de 6,000 livres, non-seulement cette subvention fut payée, mais elle fut portée en mars 1670 à 7,000 livres, indépendamment de la pension particulière de Molière comme « bel esprit » et des gratifications à la troupe pour spectacles à la cour et voyages de Fontainebleau, de Saint-Germain, de Chambord.

Cette subvention, comme celle de l'hôtel de Bourgogne, était affectée non pas aux frais généraux de la troupe, mais à chacun des sociétaires, à titre de traitement particulier ou de garantie de part.

Après la mort de Molière et la réunion à sa troupe de celle du Marais, la subvention fut continuée à l'hôtel de Guénégaud, où Louis XIV fonda véritablement la Comédie-Française en y appelant les comédiens de l'hôtel de Bourgogne. La réunion générale eut lieu le 25 août 1680 et la pension de 12,000 livres fut payée « à la seule troupe du Roi » — le *Journal* de La Grange en fait foi — à partir du 1er septembre. Deux ans après, cette pension prit un caractère officiel, et l'on peut dire que la première subvention régulière date du 24 août 1682.

Voici le texte du « Brevet de pension de 12,000 livres [1] pour les Comédiens françois » conservé aux archives du Théâtre-Français [2] :

Aujourd'hui vingt quatriesme jour du mois d'Aoust mil six cens quatre-vingt-deux, LE ROY estant à Versailles, voulant gratifier et traiter favorablement (et non pas « honorablement », comme l'a imprimé M. Jal d'après les Archives du secrétariat, *Archiv. nat.*, E, 3,368) la troupe de ses comédiens françois en considération des services qu'ils rendent à ses divertissemens, Sa Ma^té leur a accordé et fait don de la somme de douze mil livres de pension annuelle et viagère pour en estre payez sur leurs simples quittances par les Gardes de son Trésor Royal présents et à venir, chacun en

---

1. La livre valait alors 1 fr. 60 c. de notre monnaie.

2. Cité par les frères Parfaict et Laugier. Nous en avons retrouvé l'original sur parchemin avec les signatures autographes du Roi et de son ministre.

l'année de son exercice, en vertu du présent brevet que Sa Ma^té a, pour asseurance de sa volonté, signé de sa main et fait contresigner par moy, cons^r secrétaire d'Estat et de ses commandemens et finances.

Signé : Louis.

Et plus bas : Colbert.

Louis XIV, en dotant la Comédie-Française qu'il venait d'organiser, n'avait probablement pour but que de récompenser des acteurs qui avaient eu le bonheur de lui plaire, et de contribuer aux divertissements de sa cour ; en fait, il venait, le premier, d'encourager la pratique d'un genre élevé, d'en assurer la prospérité, et d'asseoir sur des bases solides un théâtre-modèle soit pour les comédiens, soit pour les auteurs, qui portera désormais gravée sur sa façade cette inscription : *Hôtel des Comédiens entretenus par le Roi.*

Louis XIV établissait le principe, qui fut reconnu par ses successeurs. La subvention fut même augmentée à plusieurs reprises, et le Roi la paya, quelquefois avec des retards, mais intégralement jusqu'en 1790, sans parler des pensions particulières, gratifications, indemnités pour réparations de la salle ou pertes, dons à l'occasion de naissances ou mariages princiers.

La République, en proclamant la liberté des théâtres, supprima les subventions théâtrales avec les priviléges. En même temps que le monopole s'est éteinte la gloire du théâtre : on vit naître bientôt le désordre et la décadence avec la profusion des scènes et la confusion des genres.

Sous l'Empire, qui réduisit à huit le nombre des spectacles de Paris, quatre théâtres étaient subventionnés, et, pour les quatre autres, l'absence de concurrence équivalait presque à une subvention. Les subventions était alors payées par le ministère de la police qui percevait le produit de la ferme des maisons de jeu de la capitale.

Au commencement de la Restauration les recettes de la ferme des jeux furent divisées en deux parts, dont l'une fut versée à la liste civile qui, dès ce moment, resta chargée de payer les subventions aux théâtres. En 1818, la ville de Paris, en échange de la concession du privilége de l'exploitation des jeux (ordonnance royale du 4 août), prit à sa charge, entre autres dépenses, les subventions accordées aux théâtres royaux qui s'élevaient à 1,300,000 francs et furent alors distribuées par le ministre de la maison du Roi ayant ces théâtres dans ses attributions ;

la liste civile ajoutait à ces fonds municipaux environ 548,000 francs. La loi de finances du 19 juillet 1820 régla l'emploi des fonds de la ferme des jeux et attribua ces revenus aux théâtres ; l'article 8 ayant ordonné que les 5,500,000 francs payés par la Ville seraient versés annuellement au Trésor, les subventions des théâtres figurent pour la première fois au budget de 1821 ; les sommes allouées aux établissements lyriques et dramatiques y sont portées pour mémoire et sans détail jusqu'en 1832 inclusivement :

De 1821 à 1824, le total des subventions accordées aux
théâtres royaux s'élève à . . . . . 1,660,000 fr.
De 1825 à 1828,   —   —   —   1,460,000
De 1829 à 1832,   —   —   —   1,300,000

Après 1830, les jeux ayant été supprimés, ce fut l'État seul qui soutint les cinq grands théâtres de Paris.

A partir de 1833, les budgets mentionnent le détail de la distribution entre les différentes scènes, ou l'application qui en est faite à d'autres services relatifs aux théâtres. Voici le montant de l'ensemble des subventions :

De 1833 à 1837	1,300,000 fr.	En 1847 . . .	1,184,200 fr.
En 1838 . . .	1,163,000	De 1848 à 1849	1,284,000
— 1839 . . .	1,200,000	— 1850 à 1852	1,320,000
— 1840 . . .	1,152,000	— 1853 à 1860	1,375,000
— 1841 . . .	1,087,000	— 1861 à 1865	1,515,000
— 1842 . . .	1,086,000	— 1868 . . .	1,560,000
— 1843 . . .	1,084,000	Et depuis 1875 . . .	1,604,000
De 1844 à 1846	1,144,200		

Le principe des subventions a été conservé par le décret du 6 janvier 1864 qui, tout en proclamant la liberté du théâtre, a laissé au Gouvernement le droit de choisir ceux qui sont dignes d'encouragements et de récompenses. La circulaire du 28 avril 1864, adressée par le ministre de la Maison de l'Empereur et des beaux-arts aux préfets pour leur donner quelques instructions sur l'application du décret, s'exprimait ainsi :

Toute latitude étant donnée à l'industrie théâtrale, l'article 1er du décret du 6 janvier réserve à l'État et aux communes le droit de subventionner les théâtres qui paraîtraient plus particulièrement dignes d'encouragement.

Pour le moment, Monsieur le Préfet, vos efforts doivent tendre à ce que les subventions existantes ne soient pas retirées et à ce qu'il en soit plutôt accordé de nouvelles, à la veille d'une épreuve qui veut être faite avec loyauté, mais avec prudence. Ainsi le mouvement des lettres et des arts sera à la fois développé par la concurrence et soutenu par des libéralités utiles.

Je me résume en vous disant que, pour obéir aux prescriptions du décret et répondre aux généreuses intentions de l'Empereur, vous devez chercher avant tout à concilier loyalement les droits nouveaux de l'industrie théâtrale avec les droits éternels de la société, de la morale et des arts.

Ainsi, d'une part, on créait la concurrence, utile à l'*industrie* théâtrale ; on y remédiait de l'autre en conservant le privilége, indispensable à l'*art*, sous forme de subvention. Nouvelle lance d'Achille, le décret guérissait les blessures qu'il avait faites.

II. — Théâtres de Paris.

Les théâtres qui ont, à différentes époques, été subventionnés par l'État sont :

> L'Opéra (Académie nationale de musique) ;
> La Comédie-Française ;
> L'Opéra-Comique ;
> L'Odéon (second Théâtre-Français) ;
> Le Théâtre-Lyrique ;
> Le Théâtre-Italien.

Chacun de ces théâtres justifie, dans une certaine mesure et à certains titres, la faveur dont il est l'objet. Nous les examinerons successivement en parcourant rapidement leur histoire.

Il convient, auparavant, d'ajouter pour mémoire : le *Troisième Théâtre-Français* fondé par M. H. Ballande, auquel la Chambre des députés vient de voter une subvention de 10,000 fr. affectée à ses intéressantes matinées littéraires du dimanche ; et le *Théâtre international* de M. G. Bertrand, gratifié de pareille somme pour avoir rendu et rendre encore d'éminents services en initiant le public français aux chefs-d'œuvre de la littérature étrangère qui a, de tout temps, exercé sur notre théâtre une si incontestable influence.

1. — *Opéra.*

Fondé par l'abbé Perrin, en 1669, l'Opéra fut une des premières scènes subventionnées, et c'était justice. Temple élevé à tous les arts, spectacle unique au monde par la perfection où il est parvenu, il attire et retient à Paris une foule d'étrangers qui contribuent à la prospérité de la capitale et en font le rendez-vous de l'Europe civilisée. Le luxe de mise en scène qu'il exige, le nombreux personnel qu'il occupe, les exigences toujours croissantes des chanteurs entraînent des dépenses considérables, et à aucune époque il n'a pu se suffire à lui-même. On doit donc s'imposer des sacrifices pour le maintenir dans tout son éclat. C'était l'avis de Napoléon Ier, qui disait : « A l'Opéra, il faut jeter l'argent par les fenêtres pour qu'il rentre par la porte. »

Sous Louis XIV, un règlement du 11 janvier 1713 accordait à l'Opéra, alors dirigé par Francine, gendre de Lulli, une subvention de 15,000 livres pour gratifications et de 10,000 livres affectées aux pensions de retraite des artistes qui avaient servi pendant quinze ans.

Après avoir été deux fois administré par la ville de Paris, il passe, en 1777, aux mains d'un directeur, Devismes, auquel la ville assure une subvention annuelle de 80,000 livres, sanctionnée par arrêt du Conseil du 18 octobre 1777. Ce fut la première subvention régulière allouée à l'Opéra, subvention toute municipale.

Un arrêt du Conseil du 27 mars 1780 retire définitivement à la ville de Paris, trois fois directrice, le privilége de l'Opéra, et dispose que « les suppléments de fonds que pourra exiger cette entreprise seront « fournis par le Roi ». Sa Majesté accorde 150,000 livres. A partir de ce moment et jusqu'en 1830 l'Opéra fut administré au nom et pour le compte du Gouvernement, qui en confiait la gestion à un directeur de son choix, appointé, sous l'autorité d'un fonctionnaire représentant les gentilshommes de la chambre de l'ancien régime.

En l'an XI, sous le Consulat, la subvention était de 600,000 fr. Sous le premier Empire, elle est portée à 750,000, puis à 850,000 et enfin à 950,000 fr., qui, sous la Restauration, devinrent insuffisants, les frais de chaque représentation étant de 9,000 à 9,500 fr. Ce déficit faisait dire à M. d'Audiffret : « L'Opéra est pour le Trésor le tonneau des Danaïdes ; pour le gérant et les fournisseurs, c'est le jardin des Hespérides. » En 1827, l'Opéra coûta à la liste civile 966,000 fr., malgré la subvention de l'État et les 300,000 fr. perçus à titre de redevance sur les théâtres secondaires et les spectacles de curiosités.

Sous Louis-Philippe, le Dr Véron fut nommé directeur de l'Opéra pour cinq ans (2 mars 1831). On lui attribua pour la première année une subvention de 810,000 fr. avec une indemnité de 60,000 à 80,000 fr. pour *Robert le Diable* ; pour la deuxième, 760,000 fr., et pour chacune des trois dernières, 710,000 fr. ; mais il fut remplacé, le 15 août 1835, par M. Duponchel, qui eut 670,000 fr. De 1837 à 1848, la subvention de l'Opéra fut de 620,000 fr. En 1849, le nouveau directeur, M. Nestor Roqueplan, demanda 250,000 fr. de subsides.

Sous le deuxième Empire, l'Opéra, porté pour 680,000 fr. au budget de 1853, fut régi par la liste civile de 1854 à 1866, et reçut 820,000 fr. de subvention. Cette somme fut augmentée, à partir de la direction de M. Émile Perrin (15 avril 1866), des 100,000 fr. donnés par l'empereur sur sa cassette particulière.

Depuis 1871, la subvention de l'Opéra est retombée à 820,000 fr. dont 20,000 sont spécialement affectés à sa caisse des retraites.

2. — *Comédie-Française.*

Qu'on date sa naissance de 1548, de 1658 ou de 1680, la Comédie-Française, l'œuvre de Molière et de Louis XIV et l'un des derniers vestiges du grand siècle, est restée non-seulement le conservatoire de la langue, mais encore une école de mœurs polies, d'élégance, de maintien, de biendire. De l'avis de tous, c'est un devoir pour le Gouvernement de maintenir et de fortifier cette institution vraiment nationale. Nous avons vu plus haut que la subvention de 12,000 livres accordée par Louis XIV aux comédiens français leur fut continuée jusqu'en 1790. L'article 26 de l'arrêt du Conseil de 1757, qui est comme la première charte de la Comédie, disposait que « cette pension serait partagée en « vingt-trois portions égales, et que chacune d'elles serait et demeure- « rait, comme par le passé, non saisissable par aucuns créanciers par- « ticuliers des acteurs ou actrices ». Il fallut, cette année-là même, allouer aux « pensionnaires du Roy », un secours de 276,000 livres pour rétablir leurs finances.

Le décret du 11 septembre 1790 ayant rejeté du Trésor public les sommes accordées par la royauté à la Comédie-Française « à titre d'entretenement ou pension », les comédiens s'adressent à Mgr le duc de Ville- quier, premier gentilhomme de la chambre, le priant de vouloir bien leur prescrire la conduite qu'ils doivent tenir, les démarches qu'ils peuvent se permettre, et ajoutant que « leur unique vœu est de prouver « à Sa Majesté leur soumission et leur ardent désir de lui appartenir et « de tenir tout de ses bontés ». Le duc les renvoya à M. de Saint-Priest, que cette affaire pouvait seul regarder comme ministre de la maison du Roi. Puis survint la Révolution qui ferma le théâtre, dispersa ses membres, en emprisonna la moitié et finit par ruiner cette glorieuse maison déjà plus que séculaire.

Ce fut à titre de restitution et d'indemnité que Bonaparte, après la réunion générale de 1799, lui constitua une dotation de 100,000 fr. de rente inscrite au grand-livre, qui ne l'empêcha pas d'absorber, l'année suivante, une allocation de 300,000 fr.

Sous l'Empire, il n'y eut pas de subvention proprement dite, mais plutôt des gratifications personnelles, des récompenses facultatives prises sur la cassette particulière du souverain. Les plus favorisés de ses « comédiens ordinaires » furent Talma, Monvel, Fleury, Lafond, Grandmesnil, Michot, les deux Baptiste, Dugazon, Dazincourt et Firmin, Mlles Contat, Mars, Duchesnois, Bourgoin, etc. En une seule année, Saint-Prix reçut 18,000 fr. par suite des fréquents voyages aux résidences impériales.

Sous la Restauration, la subvention fut successivement de 137,000, 180,000 et 200,000 fr. Portée en 1830 à 214,000, elle tombe à 120,000 en 1832.

En 1833, 150,000 fr. étaient tout à fait insuffisants, la Comédie était très-obérée. M. Thiers, alors ministre du commerce et des travaux publics, lui accorda 250,000 fr. sur les fonds dont il disposait pour les théâtres, et la Comédie fut sauvée, au moment presque de se dissoudre. Six mois après, elle avait éteint près de 400,000 fr. de dettes, grâce à la subvention et aussi aux recettes réalisées, qui sont encore la meilleure des subventions[1]. De 1834 à 1847, la subvention fut de 200,000 fr. A cette dernière date, les sociétaires, qui s'administraient eux-mêmes depuis la direction Vedel, étaient endettés de 150,000 fr.; il fallut proposer aux Chambres d'augmenter la subvention, qui fut, en 1848, de 240,000 fr.; en outre, on dut leur accorder, pour combler le déficit et renouveler le mobilier, un secours de 300,000 fr. en cinq annuités de 60,000 fr. chacune.

En 1853, la subvention fut définitivement fixée au chiffre annuel de 240,000 fr., que le Théâtre-Français reçoit encore aujourd'hui.

L'opinion publique n'a pas varié sur ce point qu'on ne saurait faire de trop grands sacrifices pour un monument destiné à reproduire les chefs-d'œuvre de la scène française, à faire goûter au public les beautés de Corneille, de Molière, de Racine, et à perpétuer ainsi les traditions du grand art.

---

1. L'année suivante, la commission des auteurs dramatiques obtint de la subvention des *primes* pour les pièces nouvelles.

Qui songerait à nier l'influence que le Théâtre-Français exerce dans le monde entier sur le goût, les mœurs, la bonne direction de la littérature dramatique? C'est là une de nos plus pures et de nos plus solides gloires; c'est à la fois une force et une richesse, un de ces patrimoines d'honneur que les peuples doivent se montrer jaloux de conserver et d'agrandir; c'est, ne l'oublions pas, auteurs, artistes, contribuables ou législateurs, un dépôt sacré dont nous sommes comptables à la postérité, pour laquelle ce théâtre sera, dans tous les temps et sous tous les régimes, la grande « Maison de Molière ».

3. — *Opéra-Comique.*

Ce théâtre, dont les commencements sont assez obscurs, eut pour berceaux les spectacles de la Foire et la Comédie-Italienne qui, sous l'ancienne monarchie, fut subventionnée pendant quatre-vingts ans par le souverain au nom de l'État. Sa véritable fondation date de 1752,

Célèbre depuis 1791, sous le nom de Théâtre-Feydeau, l'Opéra-Comique recevait, sous l'Empire, une subvention de 96,000 fr. qui fut de 150,000 sous la Restauration. Réduite à 120,000 en 1831, elle remonte en 1833-1834 à 150,000 fr., et en 1835 à 180,000 fr. Redescendue à 150,000 en 1836, elle est portée l'année suivante à la somme de 240,000 fr. qui lui a été attribuée jusqu'en 1870. De 1871 à 1876, la subvention fut réduite à 140,000 fr. Elle est aujourd'hui de 360,000 fr., somme reconnue nécessaire pour soutenir dignement un théâtre qui fut la scène parisienne par excellence, chère à la bourgeoisie, la maison de Grétry, de Méhul, d'Hérold, de Boïeldieu, d'Adam, d'Auber, carrière ouverte aux jeunes compositeurs qui ne peuvent aborder de prime saut le grand opéra, et qu'on doit encourager dans les progrès et la popularisation d'un genre spécial et éminemment français.

4. — *Odéon.*

Depuis un siècle, on n'a cessé d'écrire sur la nécessité d'un second Théâtre-Français : elle est aujourd'hui suffisamment prouvée en théorie, et l'existence de l'Odéon ne semble véritablement menacée que par ceux-là mêmes qui sont payés pour le faire vivre. Destiné aux *jeunes*, théâtre d'essais et de débuts, trait d'union entre le Conservatoire, dont il est l'école d'application, et la Comédie-Française dont il doit être la pépinière, l'Odéon est chargé de mettre l'apprenti-auteur ou comédien en contact direct et permanent avec le public ; il doit lui permettre d'étudier l'optique et l'acoustique particulières du théâtre, en un mot lui révéler les exigences de la scène.

Mais ces essais, n'attirant pas la foule, ne feront pas d'argent ? La subvention est destinée à combler le déficit ; c'est dans cette intention qu'elle a été accordée à l'Odéon qui, en échange, doit produire sans cesse, renouveler souvent son affiche, et se créer ainsi un public de quartier qui en fera le *théâtre des Écoles*.

Nous avons dit ailleurs le sort de ce théâtre depuis le jour où il fut fondé dans la salle construite pour la Comédie-Française jusqu'à son second incendie [1].

La subvention de 43,000 fr. pour 1818 fut portée en 1820 à 67,800 fr.

Sous la direction Claude Bernard (1824-1825), qui à la tragédie et à la comédie obtint la permission de joindre l'opéra, la subvention fut de 60,000 fr., puis de 100,000, payable par douzièmes « à titre d'indemnité et de loyer des loges royales » avec gratuité de la salle. En 1828, elle retombe à 60,000 fr. En 1829, Harel eut 160,000 fr. et 6,000 fr. pour les dépenses du comité de lecture, réduits deux ans plus tard à 125,000 fr. [2].

En 1832, l'Odéon ne coûte que 24,000 francs (pour trois mois).
En 1833,   —   25,000   —   —
En 1834,   —   35,000   —   —

De 1835 à 1843, l'allocation annuelle varie de 4,000 à 16,500 fr., en grande partie affectée aux dépenses de conservation, la subvention ayant été supprimée à partir du 1er avril 1832.

En 1841, M. d'Épagny le rouvrit en société, sans subvention, mais son successeur Lireux obtint, pour 1844, sous le ministère de M. Duchâtel, et à la suite du grand succès de la *Lucrèce* de Ponsard, 60,000 fr. et la gratuité de la salle, avec le droit de ne pas jouer pendant les mois improductifs d'été et l'affranchissement de toutes les charges du passé. Après trois ans de lutte, l'Odéon fit faillite et ferma sur un passif de 120,000 fr. Ce fut alors, en 1847, que la subvention, jugée insuffisante, fut portée par la Chambre, contrairement à l'avis de sa commission

---

1. L'*Odéon, histoire administrative, anecdotique et littéraire du second Théâtre-Français* (1782-1818), par P. Porel et G. Monval ; 1 vol. in-8°, chez Lemerre, Paris, 1876. Le tome II (1818-1858) est en préparation.
2. De 1819 à 1830, l'Odéon a constamment touché au delà de la subvention.

de finances, mais sur la proposition du ministre de l'intérieur, de 60,000 fr. à 100,000 fr., chiffre auquel elle a été maintenue pendant vingt-six ans.

Depuis septembre 1871, elle est retombée sans raison à 60,000 fr., et chaque année son opportunité est mise en cause lors de la discussion du budget, quoiqu'il soit historiquement prouvé que l'Odéon ne peut vivre sans subvention qu'à la condition de changer de destination et de suivre le goût de la foule au lieu de le former, ce qui était, doit être, et — nous l'espérons — redeviendra sa mission.

5. — *Théâtre-Lyrique.*

Fondé le 15 novembre 1847 par Adolphe Adam, sous le titre d'*Opéra national*, ce théâtre ne fut subventionné que plus tard. Sa nécessité fut cependant reconnue tout d'abord : il était urgent d'ouvrir un troisième théâtre lyrique aux jeunes compositeurs, aux musiciens et aux artistes débutants pour lesquels l'accès de l'Opéra et de l'Opéra-Comique était difficile. Le 26 juillet 1854, M. Émile Perrin, déjà directeur de l'Opéra-Comique, fut mis à la tête du Théâtre-Lyrique, dont la subvention fut, de 1863 à 1875, de 100,000 fr., qu'il recevait d'une main et donnait de l'autre à la ville, propriétaire de la salle. En 1876, elle fut portée à 200,000 fr., sous la direction Vizentini, à la salle des Arts et Métiers.

L'année dernière, les 200,000 fr. ont été votés, mais le théâtre n'existait plus ; on a dû détourner ces subsides de leur destination. Il est à souhaiter que le Théâtre-Lyrique, qu'il redevienne ou non l'Opéra Populaire, soit rétabli et continue à recevoir la subvention dont il a besoin. L'école de musique française ne saurait être trop encouragée, et le Théâtre-Lyrique doit rester pour l'Opéra ce qu'est l'Odéon pour la Comédie-Française. C'est l'avis de M. le ministre de l'instruction publique et des beaux-arts, dont on a pu lire le mois dernier une remarquable lettre sur cette question toute d'actualité.

6. — *Théâtre-Italien.*

La troupe italienne, venue en France en 1716, prit possession de l'hôtel de Bourgogne, le 1er juin, avec le titre de « Comédiens italiens ordinaires de S. A. R. Mgr le Duc d'Orléans ». A la mort du Régent (2 décembre 1723), elle obtint celui de « Comédiens italiens ordinaires du roi *entretenus* par Sa Majesté », avec 15,000 livres de pension. Mais ce n'est qu'à partir de 1789 que ce théâtre fut fondé comme établissement lyrique, sous le nom de *Théâtre de Monsieur.*

En 1802, l'Opéra-Buffa, alors à la salle Favart, était très-protégé par le Premier Consul et recevait une subvention assez considérable qui ne l'empêcha pas de fermer au bout d'un an. Sous l'empire, les Italiens alternent avec la troupe de l'Odéon à la salle Louvois, puis en 1808 au Théâtre de l'Impératrice, dirigé par Picard. La subvention était alors de 120,000 fr., avec une moyenne de 50,000 fr. de gratifications accordées pour les *gratis* ou les représentations *par ordre*. En 1810, la subvention fut portée pour 216,000 fr. au budget de la liste civile. A la fin de 1815, Mme Catalani, la célèbre cantatrice, obtint le privilége du Théâtre-Italien avec 160,000 fr. de subvention.

En 1825, il rentre au théâtre Favart, avec 80,000 fr., et la salle acquise par le Gouvernement est prêtée sans rétribution. De 75,000 fr. en 1828, la subvention fut réduite en 1830, sous la direction Robert et Severini, à 70,000 fr. pour 75 représentations à donner du 1er novembre au 31 mars ; la location gratuite de la salle était évaluée à 80,000 fr. En 1839, la direction passa aux mains de M. Dormoy, qui n'eut pas de subvention. De 1848 à 1851, le nouveau directeur, Ronconi, reçut 60,000 fr. votés par l'Assemblée nationale. En 1852, la subvention fut portée à 100,000 fr. (direction Corti). En 1863, M. Bagier fut investi du privilége de directeur-entrepreneur du Théâtre-Italien, dont la subvention venait d'être supprimée. Rétablie en 1865, elle fut de 100,000 fr. jusqu'en 1868 ; à cette date on la supprima de nouveau pour la reporter au Théâtre-Lyrique.

On a souvent combattu la subvention du Théâtre-Italien. Quelle nécessité, disait-on, d'allouer 70,000 ou 80,000, 100,000 fr. même à un théâtre exploité par des étrangers et exclusivement fréquenté par la classe riche ? Il est vrai que les « Italiens » sont un théâtre de luxe, le rendez-vous de la *fashion*, comme on disait jadis, du *high-life*, comme on dit aujourd'hui ; mais ne sont-ils pas aussi une école de chant de premier ordre, un objet d'étude et surtout d'émulation pour nos compositeurs et nos exécutants ? Vrai modèle de l'art lyrique, ce théâtre a donné de tout temps à la musique française une impulsion décisive, et l'on parle encore avec regrets des Malibran, des Rubini, des Persiani, des Grisi, des Mario, des Lablache.

III. — Théatres des départements.

Nous avons vu plus haut que les grandes villes du Midi subventionnèrent les théâtres dès leur établissement.

Le plus ancien théâtre de Bordeaux, celui de la rue Montméjean (sur lequel la tradition veut que Molière ait joué sa tragédie de la *Thébaïde* à la fin de 1645 ou dans les premiers mois de 1646), ayant été incendié le 14 juillet 1716, fut réédifié l'année suivante, par son ancien propriétaire, à l'aide du produit d'une loterie qui permit aux jurats de lui accorder une subvention de 25,000 livres.

En 1763, l'abbé Bertrand de la Tour, dont nous ne garantissons pas plus l'exactitude que la bonne foi, s'exprimait ainsi sur les subventions des théâtres de province dans ses *Réflexions morales, politiques, historiques et littéraires sur le théâtre* [1] :

Les dépenses des théâtres des villes de province, quoique nécessairement moins considérables, ne sont pas moins énormes proportionnellement à leur pauvreté et aux impositions dont elles sont chargées.

Le théâtre de Bordeaux revient à 50,000 écus; celui de Marseille autant.

Toulouse, 100,000 livres; la petite ville d'Auch, 30,000; La Rochelle, 40,000 livres, etc.

Plusieurs villes se sont abonnées avec des troupes d'acteurs pour ne pas en manquer...

Tout cela se paie sur les patrimoines et sur les remises faites par le Roi pour le soulagement des paroisses grêlées, où s'impose comme la taille, toujours à la charge du peuple qui n'en paye pas moins à l'entrée.

Le Grand-Théâtre de Bordeaux, chef-d'œuvre de l'architecte Louis qui construisit plus tard à Paris la salle de la rue Richelieu, fut inauguré le 8 avril 1780, avec une subvention annuelle de 9,000 livres ; c'était beaucoup dans un temps où la Comédie-Française n'en recevait que 12,000.

L'ordonnance du 8 décembre 1824 portait que « les villes qui vou-
« dront avoir une troupe d'acteurs sédentaires assureront aux directeurs
« les moyens de s'y maintenir, en leur accordant la jouissance gratuite
« de la salle et, si cela est jugé nécessaire, une *allocation annuelle sur*
« *les fonds communaux.* »

En 1831, Bordeaux, propriétaire de son Grand-Théâtre, le concédait gratuitement au directeur, avec une subvention de 40,000 fr.

Voici le même renseignement pour un certain nombres d'autres villes (même année) :

---

1. Avignon, Marc Chave, 1763-1773, 20 parties en 10 vol. in-12. Tome Ier, 3e partie p. 75. Très-rare. M. de Soleinne n'en possédait que le premier volume.

Lyon, salle gratuite et .	90,000 fr.	Orléans, salle gratuite et	6,000 fr.
Marseille	50,000	Amiens	—	9,000
Rouen	Rien.	Nîmes	—	12,000
Le Hâvre, salle gratuite et	15,000	Brest	—	6,000
Toulouse	—	12,000	Avignon.	10,000
Montpellier	—	12,000	Douai, salle gratuite et .	6,000
Nantes	—	24,000	Perpignan	—	8,000
Metz	—	15,000	Toulon	6,000
Nancy	—	12,000	Calais.	6,000
Strasbourg	—	15,000	Boulogne-sur-Mer, salle	
Lille	—	24,000	gratuite et	8,000
Versailles	12,000		

En 1832-1833, Toulon donne à son théâtre 9,000 fr. de subvention sur les fonds communaux.

De 1833 à 1844, la moyenne de la subvention à Bordeaux fut 81,078 fr. 25 c.

En 1835, Brest refuse au directeur une subvention de 3,000 fr.

En 1846, Lille ne donnait pas de subvention pécuniaire, mais la salle gratuite ; Nantes allouait 40,000 fr.

En 1847, la ville de Marseille, avec un revenu ordinaire de 3,700,000 fr., donnait à son opéra une subvention de 100,000 fr., le loyer de la salle (qui est de 45,000 fr.) restant à la charge du directeur.

A cette date, Bordeaux, avec un revenu de 2,500,000 francs, donne une subvention de 90,000 francs et salle gratuite ; Lyon, avec 3,700,000 francs, 83,000 francs ; Toulouse, avec 1,650,000 francs, 60,000 francs et salle gratuite ; Rouen, avec 2,200,000 francs, 60,000 francs ; Strasbourg, avec 1,100,000 francs, 40,000 francs, c'est-à-dire environ 3 p. 100 sur les revenus.

L'année suivante, lors de la grande enquête ayant pour but de préparer une nouvelle loi sur les théâtres, deux circulaires ministérielles des 15 juillet et 20 septembre 1848 contenaient, entre autres questions adressées aux préfets, une demande relative aux avantages faits par les villes aux directeurs. Sur cinquante-sept réponses, vingt-sept étaient d'avis que les salles doivent être livrées gratuitement aux directions ; dix-sept faisaient connaître que certaines villes de leurs départements accordaient aux directeurs, outre la jouissance de la salle, des subventions dont le montant variait suivant l'importance des villes et les ressources de leurs budgets ; huit déclaraient qu'en général les villes ne pouvaient rien donner, leurs budgets étant trop faibles où grevés, ou les théâtres peu suivis. Le préfet de la Haute-Garonne considérait les subventions comme « une cause de ruine pour l'industrie théâtrale » ; celui de la Côte-d'Or les condamnait également. Douze autres se prononçaient pour le système des subventions et y voyaient un moyen de relever les théâtres de « la décadence et de la misère où ils sont plongés ». Une opinion intermédiaire, qui rallia peu de suffrages, n'accorderait les subventions qu'aux troupes sédentaires. Une dernière voulait que l'on ne demandât des subventions qu'aux villes où le théâtre ne serait pas assez suivi pour que l'exploitation y fût de quelque profit.

Toute cette controversé ne changea guère l'état de choses existant. En 1849, les villes dont le revenu s'élevait à plus de 100,000 fr. subventionnaient leurs théâtres dans la proportion suivante :

Marseille	120,000ᶠ »ᶜ		Dijon	12,000ᶠ »ᶜ
Bordeaux	96,000 »		Avignon	10,000 »
Toulouse	51,666 62		Brest	10,000 »
Strasbourg¹	36,000 »		Limoges	8,300 »
Nantes	29,555 40		Metz	8,000 »
Toulon	24,000 »		Besançon	6,000 »
Montpellier	24,000 »		Perpignan	5,857 15
Lyon	18,972 »		Lorient	4,200 »
Nîmes	15,500 »		Dieppe	4,000 »
Rouen (et remplacement du droit des pauvres)	15,000 »		Nancy	4,000 »
			Saint-Étienne	3,300 » et loyer de la salle.
Lille	13,600 »		Boulogne	3,200 »
Amiens	13,000 »		Troyes	2,000 »
Versailles	12,000 »			

En 1864, lorsque fut, par le décret du 6 janvier, proclamée la liberté des théâtres, bon nombre de villes, dont les directeurs avaient été jusque-là nommés par l'État d'accord avec les municipalités, supprimèrent les subventions, au moment même où la concurrence, devenant plus grande, nécessitait de plus grands efforts.

Cependant la plupart des grandes villes s'imposèrent des sacrifices, surtout pour leurs théâtres d'opéra qui exigent de plus grandes dépenses et leur sont devenus indispensables ; les subventions furent dé-

---

1. Depuis 1873, le théâtre allemand de Strasbourg reçoit une subvention fixe de 160,000 francs, allouée sur la caisse du pays, et ce chiffre a même été élevé dans le budget de 1875 à 176,000 marcs, soit 220,000 francs.

terminées par les conseils municipaux d'après la richesse de la ville, l'importance du théâtre et les chances de succès plus ou moins grandes que chacun de ces théâtres peut présenter.

Ainsi, en 1866, Marseille, sur un revenu de 10,500,000 francs, donnait 250,000 francs; Lyon, sur 9,000,000 de francs, 250,000 francs, comprenant le loyer gratuit de deux salles; Bordeaux (Grand-Théâtre), sur 4,000,000 de francs, 234,000 francs; Rouen (Théâtre des Arts), sur 3,600,000 francs, 140,000 francs; Lille (Grand-Théâtre), sur 2,500,000 francs, 75,000 francs; Toulouse (Capitole), sur 2,000,000 de francs, 87,000 francs, soit environ un vingt-neuvième de leurs revenus annuels [1].

La ville de Paris, dont le budget (recettes ordinaires) s'élève à cette époque à 130,197,863 fr., ne donne rien! Bien plus, c'est encore la province qui subventionne en grande partie ses théâtres. Il y a là, dit-on, une injustice que rien ne saurait expliquer. Pourquoi Paris ne contribuerait-il pas, sur les ressources de son riche budget, à subventionner les théâtres qui sont un des éléments les plus féconds de sa prospérité? Telle est la question qui fut portée, en mai 1864, au Corps législatif, et à laquelle il n'a pas encore été répondu.

« Mal employer les fonds de l'État, disait Fiorentino dès 1849, est « une faute administrative; mais grever les départements d'une charge « qu'ils ne doivent pas supporter est une souveraine injustice. » Selon lui, les subventions théâtrales ne devraient point figurer au budget, mais rester à la charge des municipalités; c'était, à cette époque, le système adopté en Italie et en Espagne, où les subventions n'étaient pas données par l'État, mais par la ville; cette dépense, purement locale, n'était jamais prélevée sur les fonds généraux [2]. Lorsqu'en mai 1681 Regnard, voyageant en Hollande, visita le théâtre d'Amsterdam, il trouva les acteurs aux gages du corps municipal : « Nous apprîmes à la Comédie, dit-il, que la ville *entretenait* les comédiens, à

---

1. Amiens donnait 30,000 francs de subvention, mais un directeur ayant voulu la faire élever à 50,000 francs, la municipalité la supprima tout à fait.

2. En Angleterre, on ne subventionne aucun théâtre. A la discussion du budget de mai 1836, M. Auguis s'arma de cet exemple pour prouver à la Chambre que les théâtres n'ont pas besoin de subvention, ajoutant que les Anglais payaient très-cher leurs acteurs : il ignorait sans doute que, sous cette apparence de prospérité, des six théâtres de Londres la moitié était toujours fermée pour cause de faillite.

qui elle donne une certaine pension[1]. » Pourquoi la ville de Paris, qui exige des théâtres tant d'argent pour ses pauvres[2], ne prendrait-elle pas les spectacles à ses frais? elle donnerait ensuite à son assistance publique tout ce qu'elle voudrait des recettes. C'était l'idée d'Alexandre Dumas père : défrayer l'art avec l'art, subventionner le théâtre par le droit des pauvres.

Il est aisé de démontrer ce que renferme d'impraticable cette ingénieuse théorie : Quoi! cet impôt perçu dans tous les théâtres servirait à subventionner certaines scènes privilégiées? Se figure-t-on le Gymnase, le Vaudeville, la Porte-Saint-Martin, fournissant à la Comédie-Française et à l'Odéon des subsides, c'est-à-dire les éléments d'une concurrence plus redoutable encore?

Non, laissons les grandes villes subventionner leurs théâtres respectifs, comme établissements d'intérêt local, et demandons à chaque contribuable, à tout citoyen français, de coopérer au soutien de ces grands théâtres nationaux qui alimentent les scènes des départements et fournissent à la province artistes et répertoires.

Si les théâtres d'un ordre élevé n'étaient que des entreprises commerciales, exploitées dans un but mercantile, il faudrait leur appliquer strictement ce grand principe économique que l'impôt doit frapper sur le consommateur, et alors Paris entretiendrait seul ses établissements dramatiques, qui seraient rayés du budget des beaux-arts.

Mais pour ces scènes privilégiées qui n'ont pas seulement le but d'amuser, mais surtout de moraliser et d'instruire, il s'agit d'une question artistique et littéraire, d'une question nationale, patriotique, qui touche, nous l'avons dit, à la gloire de la France.

Certes, la subvention, créant des conditions de concurrence nuisibles aux théâtres qui en sont privés, ne doit être ni une prime donnée à la médiocrité paresseuse, ni une proie offerte à l'avidité remuante et protégée; peut-être même devrait-elle être rémunératrice et non pas accordée à l'avance; si on ne l'obtenait qu'autant que méritée et proportionnelle soit aux besoins réels, soit aux services rendus, sans doute elle remplirait mieux son but; souvent la caisse est pleine, et l'art sommeille dans un excès de sécurité (car les sociétés, comme les individus, ont besoin par intervalles de l'aiguillon de la nécessité);

1. *Œuvres de Regnard*, Paris, 1758, t. Ier, p. 17.
2. Aujourd'hui plus de 2,500,000 francs par an.

mais,'en revanche, elle permet de travailler avec un moindre souci de la question matérielle, et surtout elle.crée au théâtre qui la reçoit de graves et salutaires obligations.

La subvention, en effet, constitue pour l'autorité.un droit de surveillance, de contrôle et de haute tutelle ; elle assure la bonne et fidèle exécution du cahier des charges, à laquelle doit veiller le commissaire du Gouvernement. Elle a pour effet, sinon pour but, de forcer les scènes qui en jouissent à représenter les œuvres des maîtres, sans tenir compte des appétits de la foule et de la question d'argent. Elle reste, enfin, le seul correctif à la liberté des théâtres qui permet de « *tout jouer* », puisque l'autorité, dispensatrice de la subvention, a le droit de veiller au maintien du grand répertoire qui, sans cette sanction, serait bientôt avili et peut-être abandonné. L'État, qui paie, doit être le maître.

Donc, pour nous résumer et répondre aux trois questions que nous avons posées au début de cette étude, il nous semble établi que, si en général la subvention profite moins souvent à l'art pur qu'aux entreprises, aux principes qu'aux individus, cependant certains théâtres, qui font en quelque sorte partie de la vie publique et de l'éducation nationale, ne peuvent, en restant fidèles au but pour lequel ils ont été créés, se soutenir d'eux-mêmes ; il leur faut un secours permanent, surtout sous le régime de la liberté théâtrale, pour défier la concurrence et remplacer le monopole ; et ce secours doit leur être donné par l'État qui, s'il n'exploite pas les théâtres pour son compte, ce qui serait peut-être à désirer, les dirige, patronne, réglemente et surveille.

« Il appartient à l'État, disait le rapporteur de la commission du « budget pour 1870, d'assurer la représentation des chefs-d'œuvre de « l'art et de la littérature, et d'encourager les œuvres qui doivent con-« tinuer ces nobles traditions. »

Pour mieux atteindre ce but, il y a lieu de concentrer les sacrifices de l'État sur quelques scènes dont l'exploitation gardera un caractère exclusivement artistique et littéraire. Et, Dieu merci ! comme l'écrivait dernièrement notre cher et éminent doyen, M. Got, « la littéra-« ture et la musique élevées ont encore un public nombreux et fidèle ! »

Novembre 1878.

Nancy, imprimerie Berger-Levrault et Cie.

www.ingramcontent.com/pod-product-compliance
Ingram Content Group UK Ltd.
Pitfield, Milton Keynes, MK11 3LW, UK
UKHW020112100726
13658UKWH00005B/2111